Ein eigener Zauber liegt über diesem zur Literatur gewordenen Weihnachtsfest aus Thomas Manns erstem Roman ›Buddenbrooks‹. Und es ist vor allem Hanno, jüngster und letzter Nachfahre der Lübeck'schen Patrizierfamilie, der dieser »unvergleichlichen Zeit« erwartungsvoll entgegenfiebert. »Schon war der große Saal geheimnisvoll verschlossen, schon waren Marzipan und Braune Kuchen auf den Tisch gekommen, schon war es Weihnacht draußen in der Stadt. Schnee fiel ...«

Am 24. Dezember empfängt die Konsulin Buddenbrook ihre Gäste. Ein gewaltiger Tannenbaum, geschmückt mit Silberflitter, weißen Lilien und einem Engel an der Spitze, erfüllt den großen Saal mit der himmelblauen Tapete und den weißen Götterstatuen mit seinem Duft. Und nach den Wundern der Bescherung setzt man sich zu Tisch, um ein Dinner zu genießen, das mit Karpfen in aufgelöster Butter und altem Rheinwein beginnt.

Thomas Mann wurde 1875 in Lübeck geboren. Seit 1894 lebte er in München. 1933 verließ er Deutschland und lebte zuerst in der Schweiz am Zürichsee, dann in den Vereinigten Staaten, wo er 1938 eine Professur an der Universität Princeton annahm. Später hatte er seinen Wohnsitz in Kalifornien, danach wieder in der Schweiz. Er starb in Zürich am 12. August 1955. Sein Werk ist im *S. Fischer Verlag* und im *Fischer Taschenbuch Verlag* lieferbar.

Thomas Mann

Weihnachten bei den Buddenbrooks

Mit den Rezepten des Weihnachtsmenüs

Fischer Taschenbuch Verlag

Der Text folgt der Erstausgabe,
Berlin 1901: S. Fischer Verlag
Die Rezepte wurden dem Band
›Sybil Gräfin Schönfeldt, Bei Thomas Mann zu Tisch.
Tafelfreuden im Lübecker Buddenbrookhaus‹
[Zürich – Hamburg 1995: Arche Verlag AG]
entnommen.

9. Auflage: Juli 2008

Veröffentlicht im Fischer Taschenbuch Verlag,
einem Unternehmen der S. Fischer Verlag GmbH,
Frankfurt am Main, November 2000
Druck und Bindung: CPI – Clausen & Bosse, Leck
Printed in Germany
ISBN 978-3-596-14985-8

Weihnachten bei den Buddenbrooks

Unter solchen Umständen kam diesmal das Weihnachtsfest heran, und der kleine Johann verfolgte mit Hülfe des Abreißkalenders, den Ida ihm angefertigt, und auf dessen letztem Blatte ein Tannenbaum gezeichnet war, pochenden Herzens das Nahen der unvergleichlichen Zeit.

Die Vorzeichen mehrten sich ... Schon seit dem ersten Advent hing in Großmamas Eßsaal ein lebensgroßes, buntes Bild des Knecht Ruprecht an der Wand. Eines Morgens fand Hanno seine Bettdecke, die Bettvorlage und seine Kleider mit knisterndem Flittergold bestreut. Dann, wenige Tage später, nachmittags im Wohnzimmer, als Papa mit der Zeitung auf der Chaiselongue lag und Hanno grade in Geroks »Palmblättern« das Gedicht von der Hexe zu Endor las, wurde wie alljährlich und doch auch diesmal ganz überraschender Weise ein »alter Mann« gemeldet, welcher »nach dem Kleinen frage«. Er wurde hereingebeten, dieser alte Mann, und kam schlürfenden Schrittes, in einem langen Pelze, dessen rauhe Seite nach außen gekehrt, und der mit Flittergold und Schneeflocken besetzt war, ebensolcher Mütze, schwarzen Zügen im Gesicht und einem ungeheuren weißen Barte, der wie die übernatürlich dikken Augenbrauen mit glitzernder Lametta durchsetzt war. Er erklärte, wie jedes Jahr, mit eherner Stimme, daß *dieser* Sack – auf seiner linken Schulter – für gute Kinder, welche beten könnten, Äpfel und goldene Nüsse enthalte, daß aber andererseits *diese* Rute – auf seiner rechten Schulter – für die bösen Kinder bestimmt sei … Es war

Knecht Ruprecht. Das heißt, natürlich nicht so ganz und vollkommen der Ächte und im Grunde vielleicht bloß Barbier Wenzel in Papas gewendetem Pelz; aber soweit ein Knecht Ruprecht überhaupt möglich, war er *dies*, und Hanno sagte auch dieses Jahr wieder, aufrichtig erschüttert und nur ein- oder zweimal von einem nervösen und halb unbewußten Aufschluchzen unterbrochen, sein Vaterunser her, worauf er einen Griff in den Sack für die guten Kinder tun durfte, den der alte Mann dann überhaupt wieder mit sich zu nehmen vergaß …

Es setzten die Ferien ein, und der Augenblick ging ziemlich glücklich vorüber, da Papa das Zeugnis las, das auch in der Weihnachtszeit notwendig ausgestellt werden mußte … Schon war der große Saal geheimnisvoll verschlossen, schon waren Marzipan und Braune Kuchen auf den Tisch gekommen, schon war es Weihnacht draußen in der Stadt. Schnee fiel, es kam Frost, und in der scharfen, klaren Luft erklangen durch die Straßen die geläufigen oder wehmütigen Melodien der italienischen Drehorgelmänner, die mit ihren Sammetjacken und schwarzen Schnurrbärten zum Feste herbeigekommen waren. In den Schaufenstern prangten die Weihnachtsausstellungen. Um den hohen gotischen Brunnen auf dem Marktplatze waren die bunten Belustigungen des Weihnachtsmarktes aufgeschlagen. Und wo man ging, atmete man mit dem Duft der zum Kauf gebotenen Tannenbäume das Aroma des Festes ein.

Dann endlich kam der Abend des dreiundzwanzigsten Dezembers heran und mit ihm die Bescherung im Saale zu Haus, in der Fischergrube, eine Bescherung im engsten Kreise, die nur ein Anfang, eine Eröffnung, ein Vorspiel war, denn den Heiligen Abend hielt die Konsulin fest in Besitz, und zwar für die ganze Familie, so daß am Spätnachmittage des vierundzwanzigsten die gesamte Donnerstag-Tafelrunde, und dazu noch Jürgen Kröger aus Wismar, sowie Therese Weichbrodt mit Madame Kethelsen, im Landschaftszimmer zusammentrat.

In schwerer, grau und schwarz gestreifter Seide, mit geröteten Wangen und erhitzten Augen, in einem zarten Duft von Patschouli, empfing die alte Dame die nach und nach eintretenden Gäste, und bei den wortlosen Umarmungen klirrten ihre goldenen

Armbänder leise. Sie war in unaussprechlicher stummer und zitternder Erregung an diesem Abend. »Mein Gott, du fieberst ja, Mutter!« sagte der Senator, als er mit Gerda und Hanno eintraf ... »Alles kann doch ganz gemütlich vonstatten gehen.« Aber sie flüsterte, indem sie alle Drei küßte: »Zu Jesu Ehren ... Und dann mein lieber seliger Jean ...«

In der Tat, das weihevolle Programm, das der verstorbene Konsul für die Feierlichkeit festgesetzt hatte, mußte aufrecht erhalten werden, und das Gefühl ihrer Verantwortung für den würdigen Verlauf des Abends, der von der Stimmung einer tiefen, ernsten und inbrünstigen Fröhlichkeit erfüllt sein mußte, trieb sie rastlos hin und her – von der Säulenhalle, wo schon die Marien-Chorknaben sich

versammelten, in den Eßsaal, wo
Riekchen Severin letzte Hand an den
Baum und die Geschenktafel legte,
hinaus auf den Korridor, wo scheu
und verlegen einige fremde alte Leut-
chen umher standen, Hausarme, die
ebenfalls an der Bescherung teilneh-
men sollten, und wieder ins Landschaftszimmer, wo sie mit einem
stummen Seitenblick jedes überflüssi-
ge Wort und Geräusch strafte. Es war
so still, daß man die Klänge einer ent-
fernten Drehorgel vernahm, die zart
und klar wie die einer Spieluhr aus irgend einer beschneiten Straße den
Weg hierherfanden. Denn obgleich
nun an zwanzig Menschen im Zimmer
saßen und standen, war die Ruhe grö-
ßer als in einer Kirche, und die Stimmung gemahnte, wie der Senator ganz
vorsichtig seinem Onkel Justus zuflü-

sterte, ein wenig an die eines Leichen-
begängnisses.

Übrigens war kaum Gefahr vorhan-
den, diese Stimmung möchte durch
einen Laut jugendlichen Übermutes
zerrissen werden. Ein Blick hätte ge-
nügt, zu bemerken, daß fast alle Glieder der hier versammelten Familie in
einem Alter standen, in welchem die
Lebensäußerungen längst gesetzte
Formen angenommen haben. Senator
Thomas Buddenbrook, dessen Blässe
den wachen, energischen und sogar
humoristischen Ausdruck seines Ge-
sichtes Lügen strafte; Gerda, seine
Gattin, welche, unbeweglich in einen
Sessel zurückgelehnt und das schöne
weiße Gesicht nach oben gewandt,
ihre nahe bei einander liegenden,
bläulich umschatteten, seltsam schimmernden Augen von den flimmernden

Glasprismen des Kronleuchters bannen ließ; seine Schwester, Frau Permaneder; Jürgen Kröger, sein Cousin, der stille, schlicht gekleidete Beamte; seine Cousinen Friederike, Henriette und Pfiffi, von denen die beiden ersteren noch magerer und länger geworden waren, und die letztere noch kleiner und beleibter erschien, als früher, denen aber ein stereotyper Gesichtsausdruck durchaus gemeinsam war, ein spitziges und übelwollendes Lächeln, das gegen alle Personen und Dinge mit einer allgemeinen medisanten Skepsis gerichtet war, als sagten sie beständig: »Wirklich? Das möchten wir denn doch fürs Erste noch bezweifeln« ...; schließlich die arme, aschgraue Klothilde, deren Gedanken wohl direkt auf das Abendessen gerichtet waren: – sie Alle hatten die

Vierzig überschritten, während die Hausherrin mit ihrem Bruder Justus und seiner Frau gleich der kleinen Therese Weichbrodt schon ziemlich weit über die Sechzig hinaus war, und die alte Konsulin Buddenbrook, geborene Stüwing, sowie die gänzlich taube Madame Kethelsen, sich schon in den Siebzigern befanden.

In der Blüte ihrer Jugend stand eigentlich nur Erika Weinschenk; aber wenn ihre hellblauen Augen – die Augen Herrn Grünlichs – zu ihrem Manne, dem Direktor, hinüberglitten, dessen geschorener, an den Schläfen ergrauter Kopf mit dem schmalen, in die Mundwinkel hineingewachsenen Schnurrbart sich dort neben dem Sofa von der idyllischen Tapetenlandschaft abhob, so konnte man bemerken, daß ihr voller Busen sich in lautlosem aber

schwerem Atemzuge hob ... Ängstliche und wirre Gedanken an Usancen,
Buchführung, Zeugen, Staatsanwalt,
Verteidiger und Richter mochten sie
bedrängen, ja, es war wohl Keiner im
Zimmer, dem diese unweihnacht-
lichen Gedanken nicht im Sinne gelegen hätten. Der angeklagte Zustand
von Frau Permaneders Schwieger-
sohn, das Bewußtsein der gesamten
Familie von der Gegenwart eines Mit-
gliedes, das eines Verbrechens gegen
die Gesetze, die bürgerliche Ordnung
und die geschäftliche Ehrenhaftigkeit
geziehen und vielleicht der Schande
und dem Gefängnis verfallen war, gab
der Versammlung ein vollständig
fremdes, ungeheuerliches Gepräge.
Ein Weihnachtsabend der Familie
Buddenbrook mit einem Angeklagten
in ihrer Mitte! Frau Permaneder lehn-

te sich mit strengerer Majestät in ihren Sessel zurück, das Lächeln der Damen Buddenbrook aus der Breitenstraße ward um noch eine Nuance spitziger ...

Und die Kinder? Der ein wenig spärliche Nachwuchs? War auch er für das leis Schauerliche dieses so ganz neuen und ungekannten Umstandes empfänglich? Was die kleine Elisabeth betraf, so war es unmöglich, über ihren Gemütszustand zu urteilen. In einem Kleidchen, an dessen reichlicher Garnitur mit Atlasschleifen man Frau Permaneders Geschmack erkannte, saß das Kind auf dem Arm seiner Bonne, hielt seine Daumen in die winzigen Fäuste geklemmt, sog an seiner Zunge, blickte mit etwas hervortretenden Augen starr vor sich hin und ließ dann und wann einen kurzen, knarrenden Laut vernehmen, worauf das Mädchen es ein wenig schaukeln ließ. Hanno aber saß still auf seinem Schemel zu den Füßen seiner Mutter und blickte gerade wie sie zu einem Prisma des Kronleuchters empor ...

Christian fehlte! Wo war Christian? Erst jetzt im letzten Augenblick bemerkte man, daß er noch nicht anwesend sei. Die Bewegungen der Konsulin, die eigentümliche Manipulation, mit der sie vom Mundwinkel zur Frisur hinaufzustreichen pflegte, als brächte sie ein hinabgefallenes Haar an seine Stelle zurück, wurden noch fieberhafter... Sie instruierte eilig Mamsell Severin, und die Jungfer begab sich an den Chorknaben vorbei durch die Säulenhalle, zwischen den Hausarmen hin über den Korridor und pochte an Herrn Buddenbrooks Tür.

Gleich darauf erschien Christian. Er kam mit seinen mageren, krummen Beinen, die seit dem Gelenkrheumatismus etwas lahmten, ganz gemächlich ins Landschaftszimmer, indem er sich mit der Hand die kahle Stirne rieb.

»Donnerwetter, Kinder«, sagte er, »das hätte ich beinahe vergessen!«

»Du hättest es …« wiederholte seine Mutter und erstarrte…

»Ja, beinah vergessen, daß heut' Weihnacht ist … Ich saß und las … in einem Buch, einem Reisebuch über Südamerika … Du lieber Gott, ich habe schon andere Weihnachten gehabt …« fügte er hinzu und war soeben im Begriff, mit der Erzählung von einem Heiligen Abend anzufangen, den er zu London in einem Tingel-Tangel fünfter Ordnung verlebt,

als plötzlich die im Zimmer herr-
schende Kirchenstille auf ihn zu wir-
ken begann, so daß er mit krausgezo-
gener Nase und auf den Zehenspitzen
zu seinem Platze ging.

»Tochter Zion, freue dich!« sangen
die Chorknaben, und sie, die eben
noch da draußen so hörbare Allotria
getrieben, daß der Senator sich einen
Augenblick an die Tür hatte stellen
müssen, um ihnen Respekt einzu-
flößen, – sie sangen nun ganz wunder-
schön. Diese hellen Stimmen, die sich,
getragen von den tieferen Organen,
rein, jubelnd und lobpreisend auf-
schwangen, zogen Aller Herzen mit
sich empor, ließen das Lächeln der
alten Jungfern milder werden und
machten, daß die alten Leute in sich
hineinsahen und ihr Leben überdach-
ten, während die, welche mitten im

Leben standen, ein Weilchen ihrer Sorgen vergaßen.

Hanno ließ sein Knie los, das er bislang umschlungen gehalten hatte. Er sah ganz blaß aus, spielte mit den Fransen seines Schemels und scheuerte seine Zunge an einem Zahn, mit halbgeöffnetem Munde und einem Gesichtsausdruck, als fröre ihn. Dann und wann empfand er das Bedürfnis, tief aufzuatmen, denn jetzt, da der Gesang, dieser glockenreine A-cappella-Gesang die Luft erfüllte, zog sein Herz sich in einem fast schmerzhaften Glück zusammen. Weihnachten … Durch die Spalten der hohen, weißlackierten, noch fest geschlossenen Flügeltür drang der Tannenduft und erweckte mit seiner süßen Würze die Vorstellung der Wunder dort drinnen im Saale, die man jedes Jahr aufs

Neue mit pochenden Pulsen als eine
unfaßbare, unirdische Pracht erharrte
… Was würde dort drinnen für ihn
sein? Das, was er sich gewünscht hatte, natürlich, denn das bekam man ohne Frage, gesetzt, daß es einem nicht
als eine Unmöglichkeit zuvor schon
ausgeredet worden war. Das Theater
würde ihm gleich in die Augen sprin-
gen und ihm den Weg zu seinem Platz
weisen müssen, das ersehnte Puppentheater, das dem Wunschzettel für
Großmama stark unterstrichen zu
Häupten gestanden hatte und das seit
dem »Fidelio« beinahe sein einziger
Gedanke gewesen war.

Ja, als Entschädigung und Beloh-
nung für einen Besuch bei Herrn
Brecht hatte Hanno kürzlich zum ersten Male das Theater besucht, das
Stadt-Theater, wo er im ersten Range

an der Seite seiner Mutter atemlos den Klängen und Vorgängen des »Fidelio« hatte folgen dürfen. Seitdem träumte er nichts als Opernscenen, und eine Leidenschaft für die Bühne erfüllte ihn, die ihn kaum schlafen ließ. Mit unaussprechlichem Neide betrachtete er auf der Straße die Leute, die, wie ja auch sein Onkel Christian, als Theater-Habitués bekannt waren, Konsul Döhlmann, Makler Gosch ... War das Glück ertragbar, wie sie fast jeden Abend dort anwesend sein zu dürfen? Könnte er nur einmal in der Woche vor Beginn der Aufführung einen Blick in den Saal tun, das Stimmen der Instrumente hören und ein wenig den geschlossenen Vorhang ansehen! Denn er liebte Alles im Theater: den Gasgeruch, die Sitze, die Musiker, den Vorhang ...

Wird sein Puppentheater groß sein? Groß und breit? Wie wird der Vorhang aussehen? Man muß baldmöglichst ein kleines Loch hineinschneiden, denn auch im Vorhang des Stadt-Theaters war ein Guckloch ... Ob Großmama oder Mamsell Severin – denn Großmama konnte nicht Alles besorgen – die nötigen Dekorationen zum »Fidelio« gefunden hatte? Gleich morgen wird er sich irgendwo einschließen und ganz allein eine Vorstellung geben ... Und schon ließ er seine Figuren im Geiste singen; denn die Musik hatte sich ihm mit dem Theater sofort aufs Engste verbunden ...

»Jauchze laut, Jerusalem!« schlossen die Chorknaben, und die Stimmen, die fugenartig nebeneinander her gegangen waren, fanden sich in der letzten Silbe friedlich und freudig zusammen. Der klare Accord verhallte, und tiefe Stille legte sich über Säulenhalle und Landschaftszimmer. Die Mitglieder der Familie blickten unter dem Drucke der Pause vor sich nieder; nur Direktor Weinschenks Augen schweiften keck und unbefangen umher, und Frau Permaneder ließ ihr trocknes Räuspern vernehmen, das ununterdrückbar war. Die Konsulin aber schritt langsam zum Tische und setzte sich inmitten ihrer Angehörigen auf das Sofa, das nun nicht mehr wie in alter Zeit unabhängig und abgesondert vom Tische da stand. Sie rückte die Lampe zurecht und zog die große Bibel heran, deren altersbleiche Goldschnittfläche ungeheuerlich breit war. Dann schob sie die Brille auf die Nase, öffnete die beiden ledernen Spangen, mit denen das kolossale Buch geschlossen war, schlug dort auf, wo das Zeichen lag, daß das dicke, rauhe, gelbliche Papier mit dem übergroßen Druck zum Vorschein kam, nahm einen Schluck Zuckerwasser und begann, das Weihnachtskapitel zu lesen.

Sie las die altvertrauten Worte langsam und mit einfacher, zu Herzen gehender Betonung, mit einer Stimme, die sich klar, bewegt und heiter von der andächtigen Stille abhob. »Und den Menschen ein Wohlgefallen!« sagte sie. Kaum aber schwieg sie, so erklang in der Säulenhalle dreistimmig das »Stille Nacht, heilige Nacht«, in das die Familie im Landschaftszimmer einstimmte. Man ging ein wenig vorsichtig zu Werke dabei, denn die Meisten der Anwesenden waren unmusikalisch, und hie und da vernahm man in dem Ensemble einen tiefen und ganz ungehörigen Ton ... Aber das beeinträchtigte nicht die Wirkung dieses Liedes ... Frau Permaneder sang es mit bebenden Lippen, denn am süßesten und schmerzlichsten rührt es an dessen Herz, der ein bewegtes Leben hinter sich hat und im kurzen Frieden der Feierstunde Rückblick hält ... Madame Kethelsen weinte still und bitterlich, obgleich sie von Allem fast nichts vernahm.

Und dann erhob sich die Konsulin. Sie ergriff die Hand ihres Enkels Johann und die ihrer Urenkelin Elisabeth und schritt durch das Zimmer. Die alten Herrschaften schlossen sich an, die jüngeren folgten, in der Säulenhalle gesellten sich die Dienstboten und die Hausarmen hinzu, und während Alles einmütig »O Tannebaum«

anstimmte und Onkel Christian vorn die Kinder zum Lachen brachte, indem er beim Marschieren die Beine hob wie ein Hampelmann und alberner Weise »O Tantebaum« sang, zog man mit geblendeten Augen und ein Lächeln auf dem Gesicht durch die weit geöffnete hohe Flügeltür direkt in den Himmel hinein.

Der ganze Saal, erfüllt von dem Dufte angesengter Tannenzweige, leuchtete und glitzerte von unzähligen kleinen Flammen, und das Himmelblau der Tapete mit ihren weißen Götterstatuen ließ den großen Raum noch heller erscheinen. Die Flämmchen der Kerzen, die dort hinten zwischen den dunkelrot verhängten Fenstern den gewaltigen Tannenbaum bedeckten, welcher, geschmückt mit Silberflittern und großen, weißen Lilien, einen

schimmernden Engel an seiner Spitze
und ein plastisches Krippen-Arrange-
ment zu seinen Füßen, fast bis zur
Decke emporragte, flimmerten in der
allgemeinen Lichtflut wie ferne Ster-
ne. Denn auf der weißgedeckten Tafel,
die sich lang und breit, mit den Geschenken beladen, von den Fenstern
fast bis zur Türe zog, setzte sich eine
Reihe kleinerer, mit Konfekt behäng-
ter Bäume fort, die ebenfalls von
brennenden Wachslichtchen erstrahl-
ten. Und es brannten die Gasarme, die
aus den Wänden hervorkamen, und es
brannten die dicken Kerzen auf den
vergoldeten Kandelabern in allen vier
Winkeln. Große Gegenstände, Geschenke, die auf der Tafel nicht Platz
hatten, standen neben einander auf
dem Fußboden. Kleinere Tische,
ebenfalls weiß gedeckt, mit Gaben be-

legt und mit brennenden Bäumchen geschmückt, befanden sich zu den Seiten der beiden Türen: Das waren die Bescherungen der Dienstboten und der Hausarmen.

Singend, geblendet und dem altvertrauten Raume ganz entfremdet umschritt man einmal den Saal, defilierte an der Krippe vorbei, in der ein wächsernes Jesuskind das Kreuzeszeichen zu machen schien, und blieb dann, nachdem man Blick für die einzelnen Gegenstände bekommen hatte, verstummend an seinem Platze stehen.

Hanno war vollständig verwirrt. Bald nach dem Eintritt hatten seine fieberhaft suchenden Augen das Theater erblickt ... ein Theater, das, wie es dort oben auf dem Tische prangte, von so extremer Größe und Breite erschien, wie er es sich vorzustellen niemals erkühnt hatte. Aber sein Platz hatte gewechselt, er befand sich an einer der vorjährigen entgegengesetzten Stelle, und dies bewirkte, daß Hanno in seiner Verblüffung ernstlich daran zweifelte, ob dies fabelhafte Theater für ihn bestimmt sei. Hinzu kam, daß zu den Füßen der Bühne, auf dem Boden, etwas Großes, Fremdes aufgestellt war, etwas, was nicht auf seinem Wunschzettel gestanden hatte, ein Möbel, ein kommodenartiger Gegenstand ... war er für ihn?

»Komm her, Kind, und sieh dir dies an«, sagte die Konsulin und öffnete den Deckel. »Ich weiß, du spielst gern Choräle ... Herr Pfühl wird dir die nötigen Anweisungen geben ... Man muß immer treten ... manchmal schwächer und manchmal stärker ... und dann die Hände nicht aufheben, sondern immer nur so peu à peu die Finger wechseln ...«

Es war ein Harmonium, ein kleines, hübsches Harmonium, braun poliert, mit Metallgriffen an beiden Seiten, bunten Tretbälgen und einem zierlichen Drehsessel. Hanno griff einen Accord ... ein sanfter Orgelklang löste sich los und ließ die Umstehenden von ihren Geschenken aufblicken ... Hanno umarmte seine Großmutter, die ihn zärtlich an sich preßte und ihn dann verließ, um die Danksagungen der Anderen entgegenzunehmen.

Er wandte sich dem Theater zu. Das Harmonium war ein überwältigender Traum, aber er hatte doch fürs Erste noch keine Zeit, sich näher damit zu beschäftigen. Es war der Überfluß des Glückes, in dem man, undankbar gegen das Einzelne, Alles nur flüchtig berührt, um erst einmal das Ganze übersehen zu lernen … Oh, ein Souffleurkasten war da, ein muschelförmiger Souffleurkasten, hinter dem breit und majestätisch in Rot und Gold der Vorhang emporrollte. Auf der Bühne war die Dekoration des letzten Fidelio-Aktes aufgestellt. Die armen Gefangenen falteten die Hände. Don Pizarro, mit gewaltig gepufften Ärmeln, verharrte irgendwo in fürchterlicher Attitüde. Und von hinten nahte im Geschwindschritt und ganz in schwarzem Sammet der Minister, um Alles zum Besten zu kehren. Es war wie im Stadt-Theater und beinahe noch schöner. In Hannos Ohren widerhallte der Jubelchor, das Finale, und er setzte sich vor das Harmonium, um ein Stückchen daraus, das er behalten, zum Erklingen zu bringen

... Aber er stand wieder auf, um das
Buch zur Hand zu nehmen, das er-
wünschte Buch der griechischen My-
thologie, das ganz rot gebunden war
und eine goldene Pallas Athene auf
dem Deckel trug. Er aß von seinem
Teller mit Konfekt, Marzipan und
Braunen Kuchen, musterte die kleine-
ren Dinge, die Schreibutensilien und
Schulhefte und vergaß einen Augenblick alles Übrige über einem Feder-
halter, an dem sich irgendwo ein win-
ziges Glaskörnchen befand, das man
nur vors Auge zu halten brauchte,
um wie durch Zauberspiel eine weite
Schweizerlandschaft vor sich zu
sehen ...

Jetzt gingen Mamsell Severin und
das Folgmädchen mit Tee und Biscuits
umher, und während Hanno ein-
tauchte, fand er ein wenig Muße, von

seinem Platze aufzusehen. Man stand an der Tafel oder ging daran hin und her, plauderte und lachte, indem man einander die Geschenke zeigte und die des Anderen bewunderte. Es gab da Gegenstände aus allen Stoffen: aus Porzellan, aus Nickel, aus Silber, aus Gold, aus Holz, Seide und Tuch. Große, mit Mandeln und Succade symmetrisch besetzte Braune Kuchen lagen abwechselnd mit massiven Marzipanbroten, die innen naß waren vor Frische, in langer Reihe auf dem Tische. Diejenigen Geschenke, die Frau Permaneder angefertigt oder dekoriert hatte, ein Arbeitsbeutel, ein Untersatz für Blattpflanzen, ein Fußkissen, waren mit großen Atlasschleifen geziert.

Dann und wann besuchte man den kleinen Johann, legte den Arm um seinen Matrosenkragen und nahm seine Geschenke mit der ironisch übertriebenen Bewunderung in Augenschein, mit der man die Herrlichkeiten der Kinder zu bestaunen pflegt. Nur Onkel Christian wußte nichts von diesem Erwachsenen-Hochmut, und seine Freude an dem Puppentheater, als er, einen Brillantring am Finger, den er von seiner Mutter beschert bekommen hatte, an Hannos Platz vorüberschlenderte, unterschied sich gar nicht von der seines Neffen.

»Donnerwetter, das ist drollig!« sagte er, indem er den Vorhang auf und nieder zog und einen Schritt zurücktrat, um das scenische Bild zu betrachten. »Hast du dir das gewünscht? – So, das hast du dir also gewünscht«, sagte er plötzlich, nachdem er eine Weile mit sonderbarem

37

Ernst und voll unruhiger Gedanken seine Augen hatte wandern lassen. »Warum? Wie kommst du auf den Gedanken? Bist du schon mal im Theater gewesen? ... Im Fidelio? Ja, das wird gut gegeben ... Und nun willst du das nachmachen, wie? nachahmen, selbst Opern aufführen? ... Hat es solchen Eindruck auf dich gemacht? ... Hör' mal, Kind, laß dir raten, hänge deine Gedanken nur nicht zu sehr an solche Sachen ... Theater ... und sowas ... Das taugt nichts, glaube deinem Onkel. Ich habe mich auch immer viel zu sehr für diese Dinge interessiert, und darum ist auch nicht viel aus mir geworden. Ich habe große Fehler begangen, mußt du wissen ...«

Er hielt das seinem Neffen ernst und eindringlich vor, während Hanno

neugierig zu ihm aufsah. Dann je-
doch, nach einer Pause, während welcher in Betrachtung des Theaters sein
knochiges und verfallenes Gesicht
sich aufhellte, ließ er plötzlich eine
Figur sich auf der Bühne vorwärts
bewegen und sang mit hohl krächzen-
der und tremolierender Stimme: »Ha,
welch gräßliches Verbrechen!« worauf
er den Sessel des Harmoniums vor das
Theater schob, sich setzte und eine
Oper aufzuführen begann, indem er,
singend und gestikulierend, abwechselnd die Bewegungen des Kapellmei-
sters und der agierenden Personen
vollführte. Hinter seinem Rücken versammelten sich mehrere Familienmit-
glieder, lachten, schüttelten den Kopf
und amüsierten sich. Hanno sah ihm
mit aufrichtigem Vergnügen zu. Nach
einer Weile aber, ganz überraschend,

brach Christian ab. Er verstummte, ein unruhiger Ernst überflog sein Gesicht, er strich mit der Hand über seinen Schädel und an seiner linken Seite hinab und wandte sich dann mit krauser Nase und sorgenvoller Miene zum Publikum.

»Ja, seht ihr, nun ist es wieder aus«, sagte er; »nun kommt wieder die Strafe. Es rächt sich immer gleich, wenn ich mir mal einen Spaß erlaube. Es ist kein Scherz, wißt ihr, es ist eine Qual … eine unbestimmte Qual, weil hier alle Nerven zu kurz sind. Sie sind ganz einfach alle zu kurz …«

Aber die Verwandten nahmen diese Klagen ebenso wenig ernst wie seine Späße und antworteten kaum. Sie zerstreuten sich gleichgültig, und so saß denn Christian noch eine Zeit lang stumm vor dem Theater, betrachtete es mit schnellem und gedankenvollem Blinzeln und erhob sich dann.

»Na, Kind, amüsiere dich damit«, sagte er, indem er über Hannos Haar strich. »Aber nicht zu viel … und vergiß deine ernsten Arbeiten nicht darüber, hörst du? Ich habe viele Fehler gemacht … Jetzt will ich aber in den Klub … Ich gehe ein bißchen in den Klub!« rief er den Erwachsenen zu. »Da feiern sie auch Weihnachten heut. Auf Wiedersehn.« Und mit steifen, krummen Beinen ging er durch die Säulenhalle von dannen.

Alle hatten heute früher als sonst zu Mittag gegessen und sich daher mit Tee und Biscuits ausgiebig bedient. Aber man war kaum damit fertig, als große Krystallschüsseln mit einem gelben, körnigen Brei zum Imbiß herumgereicht wurden. Es war Mandel-

Crème, ein Gemisch aus Eiern, geriebenen Mandeln und Rosenwasser, das ganz wundervoll schmeckte, das aber, nahm man ein Löffelchen zu viel, die furchtbarsten Magenbeschwerden verursachte. Dennoch, und obgleich die Konsulin bat, für das Abendbrot »ein kleines Loch offen zu lassen«, tat man sich keinen Zwang an. Was Klothilde betraf, so vollführte sie Wunderdinge. Still und dankbar löffelte sie die Mandel-Crème, als wäre es Buchweizengrütze. Zur Erfrischung gab es auch Weingelée in Gläsern, wozu englischer Plumcake gegessen wurde. Nach und nach zog man sich ins Landschaftszimmer hinüber und gruppierte sich mit den Tellern um den Tisch.

Hanno blieb allein im Saale zurück, denn die kleine Elisabeth Weinschenk war nach Hause gebracht worden, während er dieses Jahr zum ersten Male zum Abendessen in der Mengstraße bleiben durfte, die Dienstmädchen und die Hausarmen hatten sich mit ihren Geschenken zurückgezogen, und Ida Jungmann plauderte in der Säulenhalle mit Riekchen Severin, obgleich sie, als Erzieherin, der Jungfer gegenüber gewöhnlich eine strenge gesellschaftliche Distanz innehielt. Die Lichter des großen Baumes waren herabgebrannt und ausgelöscht, so daß die Krippe nun im Dunkel lag; aber einzelne Kerzen an den kleinen Bäumen auf der Tafel brannten noch, und hie und da geriet ein Zweig in den Bereich eines Flämmchens, sengte knisternd an und verstärkte den Duft, der im Saale herrschte. Jeder Lufthauch, der die Bäume berührte, ließ die Stücke Flittergoldes, die daran befestigt waren, mit einem zart metallischen Geräusch erschauern. Es war nun wieder still genug, die leisen Drehorgelklänge zu vernehmen, die von einer fernen Straße durch den kalten Abend daher-kamen.

Hanno genoß die weihnachtlichen Düfte und Laute mit Hingebung. Er las, den Kopf in die Hand gestützt, in seinem Mythologiebuch, aß mechanisch und weil es zur Sache gehörte, Konfekt, Marzipan, Mandel-Crème und Plumcake, und die ängstliche Beklommenheit, die ein überfüllter Magen verursacht, vermischte sich mit der süßen Erregung des Abends zu einer wehmütigen Glückseligkeit. Er las von den Kämpfen, die Zeus zu bestehen hatte, um zur Herrschaft zu gelangen, und horchte dann und wann einen Augenblick ins Wohnzimmer hinüber, wo man Tante Klothildens Zukunft eingehend besprach.

Klothilde war weitaus die Glücklichste von Allen an diesem Abend, und nahm die Gratulationen und Neckereien, die ihr von allen Seiten zu teil wurden, mit einem Lächeln entgegen, das ihr aschgraues Gesicht verklärte; ihre Stimme brach sich beim Sprechen vor freudiger Bewegung. – Sie war in das »Johanniskloster« aufgenommen worden. Der Senator hatte ihr die Aufnahme unter der Hand im Verwaltungsrat erwirkt, obgleich gewisse Herren heimlich über Nepotismus gemurrt hatten. Man unterhielt sich über diese dankenswerte Institution, die den adeligen Damenklöstern in Mecklenburg, Dobberthien und

Ribnitz, entsprach, und die würdige Altersversorgung mittelloser Mädchen aus verdienter und alteingesessener Familie bezweckte. Der armen Klothilde war nun zu einer kleinen aber sicheren Rente verholfen, die sich mit den Jahren steigern würde, und, für ihr Alter, wenn sie in die höchste Klasse aufgerückt sein würde, sogar zu einer friedlichen und reinlichen Wohnung im Kloster selbst ...

Der kleine Johann verweilte ein wenig bei den Erwachsenen, aber er kehrte bald in den Saal zurück, der nun, da er weniger licht erstrahlte und mit seiner Herrlichkeit keine so verblüffte Scheu mehr hervorrief wie anfangs, einen Reiz von neuer Art ausübte. Es war ein ganz seltsames Vergnügen, wie auf einer halbdunklen Bühne nach Schluß der Vorstellung darin umherzustreifen und ein wenig hinter die Coulissen zu sehen: die Lilien des großen Tannenbaumes mit ihren goldnen Staubfäden aus der Nähe zu betrachten, die Tier- und Menschenfiguren des Krippenaufbaus in die Hand zu nehmen, die Kerze ausfindig zu machen, die den transparenten Stern über Bethlehems Stall hatte leuchten lassen, und das lang herabhängende Tafeltuch zu lüften, um der Menge von Kartons und Packpapieren gewahr zu werden, die unter dem Tisch aufgestapelt waren.

Auch gestaltete sich die Unterhaltung im Landschaftszimmer immer weniger anziehend. Mit unentrinnbarer Notwendigkeit war allmählich die eine, unheimliche Angelegenheit Gegenstand des Gespräches geworden, über die man bislang dem festlichen

Abend zu Ehren geschwiegen, die aber fast keinen Augenblick aufgehört hatte, alle Gemüter zu beschäftigen: Direktor Weinschenks Prozeß. Hugo Weinschenk selbst hielt Vortrag darüber, mit einer gewissen wilden Munterkeit in Miene und Bewegungen. Er berichtete über Einzelheiten der nun durch das Fest unterbrochenen Zeugenvernehmung, tadelte lebhaft die allzu bemerkbare Voreingenommenheit des Präsidenten Doktor Philander und kritisierte mit souveränem Spott den höhnischen Ton, den der Staatsanwalt Doktor Hagenström gegen ihn und die Entlastungszeugen anzuwenden für passend erachte. Übrigens habe Breslauer verschiedene belastende Aussagen sehr witzig entkräftet und ihn aufs Bestimmteste versichert, daß an eine Verurteilung vorläufig gar nicht zu denken sei. – Der Senator warf hie und da aus Höflichkeit eine Frage ein, und Frau Permaneder, die mit emporgezogenen Schultern auf dem Sofa saß, murmelte manchmal einen furchtbaren Fluch gegen Moritz Hagenström. Die Übrigen aber schwiegen. Sie schwiegen so tief, daß auch der Direktor allmählich verstummte; und während drüben im Saale dem kleinen Hanno die Zeit schnell wie im Himmelreiche verging, lagerte im Landschaftszimmer eine schwere, beklommene, ängstliche Stille, die noch fortherrschte, als um halb 9 Uhr Christian aus dem Klub, von der Weihnachtsfeier der Junggesellen und Suitiers zurückkehrte.

Ein erkalteter Cigarrenstummel stak zwischen seinen Lippen, und seine hageren Wangen waren gerötet. Er kam durch den Saal und sagte, als er ins Landschaftszimmer trat:

»Kinder, der Saal ist doch wunderhübsch! Weinschenk, wir hätten heute eigentlich Breslauer mitbringen sollen; sowas hat er sicher noch gar nicht gesehen.«

Ein stiller, strafender Seitenblick traf ihn aus den Augen der Konsulin. Er erwiderte ihn mit unbefangener und verständnislos fragender Miene. – Um neun Uhr ging man zu Tische.

Wie alljährlich an diesem Abend war in der Säulenhalle gedeckt worden. Die Konsulin sprach mit herzlichem Ausdruck das hergebrachte Tischgebet:

»Komm, Herr Jesus, sei unser Gast
Und segne, was du uns bescheret hast«,

woran sie, wie an diesem Abend ebenfalls üblich, eine kleine, mahnende
Ansprache schloß, die hauptsächlich
aufforderte, Aller derer zu gedenken,
die es an diesem heiligen Abend nicht
so gut hätten, wie die Familie Buddenbrook … Und als dies erledigt war,
setzte man sich mit gutem Gewissen
zu einer nachhaltigen Mahlzeit nieder,
die alsbald mit Karpfen in aufgelöster
Butter und mit altem Rheinwein ihren
Anfang nahm.

Der Senator schob ein paar Schup-
pen des Fisches in sein Portemonnaie,
damit während des ganzen Jahres das
Geld nicht darin ausgehe; Christian
aber bemerkte trübe, das helfe ja doch
nichts, und Konsul Kröger entschlug
sich solcher Vorsichtsmaßregeln, da er
ja keine Kursschwankungen mehr zu
fürchten habe und mit seinen andert-

halb Schillingen längst im Hafen sei. Der alte Herr saß möglichst weit entfernt von seiner Frau, mit der er seit Jahr und Tag beinahe kein Wort mehr sprach, weil sie nicht aufhörte, dem enterbten Jakob, der in London, Paris oder Amerika – nur sie wußte das bestimmt – sein entwurzeltes Abenteurerleben führte, heimlich Geld zufließen zu lassen. Er runzelte finster die Stirn, als beim zweiten Gange sich das Gespräch den abwesenden Familienmitgliedern zuwandte und als er sah, wie die schwache Mutter sich die Augen trocknete. Man erwähnte die in Frankfurt und die in Hamburg, man gedachte auch ohne Übelwollen des Pastors Tiburtius in Riga, und der Senator stieß in aller Stille mit seiner Schwester Tony auf die Gesundheit der Herren Grünlich und Permaneder

an, die in gewissem Sinne doch auch
dazu gehörten …

Der Puter, gefüllt mit einem Brei
von Maronen, Rosinen und Äpfeln,
fand das allgemeine Lob. Vergleiche
mit denen früherer Jahre wurden an-
gestellt, und es ergab sich, daß dieser
seit langer Zeit der größte war. Es gab
gebratene Kartoffeln, zweierlei Gemüse und zweierlei Kompott dazu,
und die kreisenden Schüsseln enthiel-
ten Portionen, als ob es sich bei jeder
einzelnen von ihnen nicht um eine
Beigabe und Zutat, sondern um das
Hauptgericht handelte, an dem Alle
sich sättigen sollten. Es wurde alter
Rotwein von der Firma Möllendorpf
getrunken.

Der kleine Johann saß zwischen seinen Eltern und verstaute mit Mühe
ein weißes Stück Brustfleisch nebst

Farce in seinem Magen. Er konnte nicht mehr soviel essen wie Tante Thilda, sondern fühlte sich müde und nicht sehr wohl; er war nur stolz darauf, daß er mit den Erwachsenen tafeln durfte, daß auch auf *seiner* kunstvoll gefalteten Serviette eins von diesen köstlichen, mit Mohn bestreuten Milchbrötchen gelegen hatte, daß auch vor *ihm* drei Weingläser standen, während er sonst aus dem kleinen, goldenen Becher, dem Patengeschenk Onkel Krögers, zu trinken pflegte …

Aber als dann, während Onkel Justus einen ölgelben, griechischen Wein in die kleinsten Gläser zu schenken begann, die Eisbaisers erschienen – rote, weiße und braune – wurde auch sein Appetit wieder rege. Er verzehrte, obgleich es ihm fast unerträglich weh an den Zähnen tat, ein rotes, dann die

Hälfte eines weißen, mußte schließlich doch auch von den braunen, mit Chokolade-Eis gefüllten, ein Stück probieren, knusperte Waffeln dazu, nippte an dem süßen Wein und hörte auf Onkel Christian, der ins Reden gekommen war.

Er erzählte von der Weihnachtsfeier im Klub, die sehr fidel gewesen sei. »Du lieber Gott!« sagte er in jenem Tone, in dem er von Johnny Thunderstorm zu sprechen pflegte. »Die Kerls tranken Schwedischen Punsch wie Wasser!«

»Pfui«, bemerkte die Konsulin kurz und schlug die Augen nieder.

Aber er beachtete das nicht. Seine Augen begannen zu wandern, und Gedanken und Erinnerungen waren so lebendig in ihm, daß sie wie Schatten über sein hageres Gesicht huschten.

»Weiß jemand von euch«, fragte er, »wie es ist, wenn man zu viel Schwedischen Punsch getrunken hat? Ich meine nicht die Betrunkenheit, sondern das, was am nächsten Tag kommt, die Folgen ... sie sind sonderbar und widerlich ... ja, sonderbar und widerlich zu gleicher Zeit.«

»Grund genug, sie genau zu beschreiben«, sagte der Senator.

»Assez, Christian, dies interessiert uns durchaus nicht«, sagte die Konsulin.

Aber er überhörte es. Es war seine Eigentümlichkeit, daß in solchen Augenblicken keine Einrede zu ihm drang. Er schwieg eine Weile, und dann plötzlich schien das, was ihn bewegte, zur Mitteilung reif zu sein.

»Du gehst umher und fühlst dich übel«, sagte er und wandte sich mit krauser Nase an seinen Bruder. »Kopfschmerzen und unordentliche Eingeweide … nun ja, das gibt es auch bei anderen Gelegenheiten. Aber du fühlst dich *schmutzig*« – und Christian rieb mit gänzlich verzerrtem Gesicht seine Hände – »du fühlst dich schmutzig und ungewaschen am ganzen Körper. Du wäschst deine Hände, aber es nützt nichts, sie fühlen sich feucht und unsauber an, und deine Nägel haben etwas Fettiges … Du badest dich, aber es hilft nichts, dein ganzer Körper scheint dir klebrig und unrein. Dein ganzer Körper ärgert dich, reizt dich, du bist dir selbst zum Ekel … Kennst du es, Thomas, kennst du es?«

»Ja, ja!« sagte der Senator mit abwehrender Handbewegung. Aber mit der seltsamen Taktlosigkeit, die mit den Jahren immer mehr an Christian hervortrat und ihn nicht daran denken ließ, daß diese Auseinandersetzung von der ganzen Tafelrunde peinlich empfunden wurde, daß sie in dieser Umgebung und an diesem Abend nicht am Platze war, fuhr er fort, den üblen Zustand nach übermäßigem Genuß von Schwedischem Punsch zu schildern, bis er glaubte, ihn erschöpfend charakterisiert zu haben, und allmählich verstummte.

Bevor man zu Butter und Käse überging, ergriff die Konsulin noch einmal das Wort zu einer kleinen Ansprache an die Ihrigen. Wenn auch nicht Alles, sagte sie, im Laufe der Jahre sich so gestaltet habe, wie man es kurzsichtig und unweise erwünscht habe, so bleibe doch immer noch übergenug des sichtbarlichen Segens übrig, um die Herzen mit Dank zu erfüllen. Gerade der Wechsel von Glück und strenger Heimsuchung zeige, daß Gott seine Hand niemals von der Familie gezogen, sondern daß er ihre Geschicke nach tiefen und weisen Absichten gelenkt habe und lenke, die ungeduldig ergründen zu wollen man sich nicht erkühnen dürfe. Und nun wolle man, mit hoffendem Herzen, einträchtig anstoßen auf das Wohl der Familie, auf ihre Zukunft, jene Zukunft, die dasein werde, wenn die Alten und Älteren unter den Anwesenden längst in kühler Erde ruhen würden ... auf die Kinder, denen das heutige Fest ja recht eigentlich gehöre ...

Und da Direktor Weinschenks Töchterchen nicht mehr anwesend war, mußte der kleine Johann, während die Großen auch unter einander sich zutranken, allein einen Umzug um die Tafel halten, um mit allen, von der Großmutter bis zu Mamsell Severin hinab, anzustoßen. Als er zu seinem Vater kam, hob der Senator, indem er sein Glas dem des Kindes näherte, sanft Hannos Kinn empor, um ihm in die Augen zu sehen ... Er fand nicht seinen Blick; denn Hannos lange, goldbraune Wimpern hatten sich tief, tief, bis auf die zart bläuliche Umschattung seiner Augen gesenkt.

Therese Weichbrodt aber ergriff seinen Kopf mit beiden Händen, küßte ihn mit leise knallendem Geräusch auf jede Wange und sagte mit einer Betonung, so herzlich, daß Gott ihr nicht widerstehen konnte:

»Sei glöcklich, du gutes Kend!«

– Eine Stunde später lag Hanno in

seinem Bett, das jetzt in dem Vorzimmer stand, welches man vom Korridor der zweiten Etage aus betrat, und an das zur Linken das Ankleidekabinett des Senators stieß. Er lag auf dem Rücken, aus Rücksicht auf seinen Magen, der sich mit all dem, was er im Laufe des Abends hatte in Empfang nehmen müssen, noch keineswegs ausgesöhnt hatte, und sah mit erregten Augen der guten Ida entgegen, die, schon in der Nachtjacke, aus ihrem Zimmer kam und mit einem Wasserglase vor sich in der Luft umrührende Kreisbewegungen beschrieb. Er trank das kohlensaure Natron rasch aus, schnitt eine Grimasse und ließ sich wieder zurückfallen.

»Ich glaube, nun muß ich mich erst recht übergeben, Ida.«

»Ach wo, Hannochen. Nur still auf

dem Rücken liegen ... Aber siehst du wohl? Wer hat dir mehrmals zugewinkt? Und wer nicht folgen wollt', war das Jungchen ...«

»Ja, ja, vielleicht geht es auch gut ... Wann kommen die Sachen, Ida?«

»Morgen früh, mein Jungchen.«

»Daß sie hier hereingesetzt werden! Daß ich sie gleich habe!«

»Schon gut, Hannochen, aber erst mal ausschlafen.« Und sie küßte ihn, löschte das Licht und ging.

Er war allein, und während er still liegend sich der segenvollen Wirkung des Natrons überließ, entzündete sich vor seinen geschlossenen Augen der Glanz des Bescherungssaales aufs Neue. Er sah sein Theater, sein Harmonium, sein Mythologie-Buch und hörte irgendwo in der Ferne das »Jauchze laut, Jerusalem« der Chor-

knaben. Alles flimmerte. Ein mattes
Fieber summte in seinem Kopfe, und
sein Herz, das von dem revoltierenden
Magen ein wenig beengt und beäng-
stigt wurde, schlug langsam, stark und
unregelmäßig. In einem Zustand von
Unwohlsein, Erregtheit, Beklommenheit, Müdigkeit und Glück lag er lange und konnte nicht schlafen.

Morgen kam der dritte Weihnachtsabend an die Reihe, die Bescherung
bei Therese Weichbrodt, und er freute
sich darauf als auf ein kleines burles-
kes Spiel. Therese Weichbrodt hatte
im vorigen Jahre ihr Pensionat gänzlich aufgegeben, so daß nun Madame
Kethelsen das Stockwerk und sie
selbst das Erdgeschoß des kleinen
Hauses am Mühlenbrink allein be-
wohnte. Die Beschwerden nämlich,
die ihr mißglückter und gebrechlicher

kleiner Körper ihr verursachte, hatten mit den Jahren zugenommen, und in aller Sanftmut und christlichen Bereitwilligkeit nahm Sesemi Weichbrodt an, daß ihre Abberufung nahe bevorstehe. Daher hielt sie auch seit mehreren Jahren schon jedes Weihnachtsfest für ihr letztes und suchte der Feier, die sie in ihren kleinen, fürchterlich überheizten Stuben veranstaltete, so viel Glanz zu verleihen, wie in ihren schwachen Kräften stand. Da sie nicht viel zu kaufen vermochte, so verschenkte sie jedes Jahr einen neuen Teil ihrer bescheidenen Habseligkeiten und baute unter dem Baume auf, was sie nur entbehren konnte: Nippsachen, Briefbeschwerer, Nadelkissen, Glasvasen und Bruchstücke ihrer Bibliothek, alte Bücher in drolligen Formaten und Einbänden, das »Geheime Tagebuch von einem Beobachter Seiner Selbst«, Hebels »Alemannische Gedichte« Krummachers »Parabeln« ... Hanno besaß schon von ihr eine Ausgabe der »Pensées de Blaise Pascal«, die so winzig war, daß man nicht ohne Vergrößerungsglas darin lesen konnte.

»Bischof« gab es in unüberwindlichen Mengen und die mit Ingwer bereiteten Braunen Kuchen Sesemi's waren ungeheuer schmackhaft. Niemals aber, dank der bebenden Hingabe, mit der Fräulein Weichbrodt jedesmal ihr letztes Weihnachtsfest beging,– niemals verfloß dieser Abend, ohne daß eine Überraschung, ein Malheur, irgend eine kleine Katastrophe sich ereignet hätte, die die Gäste zum Lachen brachte und die stumme Leidenschaftlichkeit der Wirtin noch erhöhte. Eine Kanne mit Bischof stürzte und überschwemmte Alles mit der roten, süßen, würzigen Flüssigkeit … Oder es fiel der geputzte Baum von seinen hölzernen Füßen, genau in dem Augenblick, wenn man feierlich das Bescherungszimmer betrat … Im Einschlafen sah Hanno den Unglücksfall des vorigen Jahres vor Augen: Es war unmittelbar vor der Bescherung. Therese Weichbrodt hatte mit soviel Nachdruck, daß alle Vokale ihre Plätze gewechselt hatten, das Weihnachtskapitel verlesen und trat nun von ihren Gästen zurück zur Tür, um von hier aus eine kleine Ansprache zu halten. Sie stand auf der Schwelle, bucklig, winzig, die alten Hände vor ihrer Kinderbrust zusammengelegt; die grünseidnen Bänder ihrer Haube fielen auf ihre zerbrechlichen Schultern, und zu ihren Häupten, über der Tür, ließ ein mit Tannenzweigen umkränztes Transparent die Worte leuchten: »Ehre sei Gott in der Höhe!« Und Sesemi sprach von Gottes Güte, sie erwähnte, daß dies ihr letztes Weihnachtsfest sei und schloß damit, daß sie Alle mit des Apostels Worten zur Fröhlichkeit aufforderte, wobei sie von oben bis unten erzitterte, so sehr nahm ihr ganzer kleiner Körper Anteil an dieser Mahnung. »Freuet euch!« sagte sie, indem sie den Kopf auf die Seite legte und ihn heftig schüttelte. »Und abermal sage ich: Freuet euch!« In diesem Augenblick aber ging über ihr mit einem puffenden, fauchenden und knisternden Geräusch das ganze Transparent in Flammen auf, so daß Mademoiselle Weichbrodt mit einem kleinen Schre-

ckenslaut und einem Sprunge von un-
geahnter und pittoresker Behendig-
keit sich dem Funkenregen entziehen
mußte, der auf sie herniederging ...

Hanno erinnerte sich dieses Sprun-
ges, den das alte Mädchen vollführt
hatte, und während mehrerer Minuten lachte er ganz ergriffen, irritiert
und nervös belustigt, leise und unter-
drückt in sein Kissen hinein.

Rezepte
des Weihnachtsmenüs

Sirupkuchen oder Braune Kuchen

siehe Seite 10

Zutaten
500 g Zucker
500 g Sirup
500 g Butter
1250 g Mehl
20 g Pottasche
1 EL gemahlener Zimt
1 EL gemahlener Kardamom
125 g Sukkade
250 g gemahlene Mandeln
1 Zitrone

Die Butter zerlassen, den Sirup dazugeben, Pottasche sehr fein zerstoßen und zugeben, dann alles mit Zucker, Gewürz, Mandeln und Mehl verkneten, den Teig zugedeckt mindestens über Nacht rasten lassen, dann so dünn wie möglich ausrollen, beliebig ausstechen und braun backen. Mit abgezogenen, halbierten Mandeln dekorieren.

Braune Kuchen mit Ingwer
Zu Zimt und Kardamom gibt man 1 EL Ingwerpulver.

Honigkuchen nach Henriette Davidis

siehe Seite 36

Zutaten
1 kg Honig
250 g Butter
200 g gemahlene Mandeln
je $^1/_2$ TL gemahlene Nelken
und Kardamom
die abgeriebene Schale einer
Zitrone
2 Päckchen Backpulver
1 kg Mehl

Honig und Butter in einem
großen Topf zerschmelzen,
den Topf vom Herd nehmen
und alle anderen Zutaten da-
zurühren. Mit dem restlichen
Mehl verkneten und über
Nacht zugedeckt ruhen lassen. Am nächsten Tag vor
dem Ausrollen vielleicht noch
etwas Mehl dazukneten, was
von der Beschaffenheit des
Honigs abhängt. Der Teig
wird kleinfingerdick ausge-
rollt, mit einem Teigrädchen
(oder Messer) zu ca. 8 x 12 cm
großen Vierecken ausgeradelt,
diese werden mit halbierten
Mandeln verziert und bei
180°C im vorgeheizten Ofen
gelbbraun gebacken.
Nach dem Auskühlen werden
die Honigkuchen in Blech-
dosen verpackt, sonst sind sie
zu Weihnachten hart wie ein
Holzbrett.

Mandelcreme

siehe Seite 41/42

Zutaten
200 g Mandeln
100 g Zucker
$^1/_2$ bis 1 l Sahne
5 Eier
1 Beutel gemahlene oder
6 Blatt weiße Gelatine

Die Mandeln pellen und reiben, mit 100 g Zucker 10 Minuten in $^1/_2$ l Sahne kochen lassen. Unterdessen die 5 Eier in Eigelb und Eiweiß trennen, die Eigelbe mit etwas kalter Sahne schaumig rühren, dazu quirlen und im Wasserbad cremig rühren. Die Gelatine nach Vorschrift auflösen und in die Mandelsahne gießen. Gut verquirlen und abkühlen lassen, bis die Speise geliert. Dann entweder Sahne oder Eiweiß steif schlagen und gleichmäßig unter die gelierte Creme heben.

»Es war Mandel-Crème, ein Gemisch aus Eiern, geriebenen Mandeln und Rosenwasser, das ganz wundervoll schmeckte [...]«

Abgerührte Mandelcreme

siehe Seite 41/42

Zutaten
200 g Mandeln
1 EL Butter
$^1/_2$ l Sahne
$^3/_4$ l Milch
2 Beutel Vanillepudding-
pulver
6 Eier
125 g Zucker

Die Mandeln mit heißem Wasser begießen, etwas stehen lassen, dann die braunen Schalen abziehen. Die Mandeln halbieren, in einer großen Pfanne in der heiß gewordenen Butter anrösten, abkühlen lassen, fein mahlen oder im Zerhacker zerkleinern. Die Milch mit der Sahne aufkochen lassen, das Puddingpulver nach Vorschrift mit etwas Milch und einem Löffel Zucker verquirlen, in die kochende Milch gießen, gut mit dem Schneebesen verrühren und einmal aufkochen lassen. Sechs Eidotter, mit 125 g Zucker weiß-schaumig gerührt, dazugießen und rasch verrühren, aber nicht mehr kochen lassen. Schließlich die gemahlenen Mandeln und den steifen Schnee der sechs Eier darunterziehen.

Englischer Plumcake

siehe Seite 42

Zutaten
je 350 g Zucker und Butter
4 Eier
250 g Mehl
$^1/_2$ TL Salz
je $^1/_2$ TL gemahlener Zimt
Muskat und Nelken
mit Würfelzucker abgeriebene
Schale von 4 Orangen
500 g kernlose Rosinen
125 g Zitronat
125 g kandierte Pomeranzen-
schale (Pomeranze: Bitter-
oder Sevilla-Orange)
125 g gemahlene Mandeln
1 Weinglas Cognac

Mehl, Zucker, Butter und
Eier mit dem Handrührgerät,
Schneebesen, in einer großen
Rührschüssel in etwa zwei bis
drei Minuten weiß-cremig
rühren. Die Würzzutaten
samt Cognac und gemahlenen
Mandeln hinzufügen, einmal
verrühren und dann mit der
Hand die gewaschenen und
gequollenen Rosinen, Zitronat und fein gewiegte Pome-
ranzenschale unter den Teig
heben. Eine große Kasten-
form mit Backtrennpapier
ausfüttern, den Teig hinein-
füllen, in den auf Mittelhitze
vorgeheizten Ofen schieben
und gut zwei Stunden backen.
Unbedingt die Hölzchen-
probe machen.

Weingelee

siehe Seite 42

Zutaten
1 Flasche Rheinwein
2 Zitronen
1 Stange Zimt
1 Prise Kardamom
Zucker nach Geschmack
12 Blatt weiße Gelatine

Die Gelatine nach Vorschrift einweichen. Eine Tasse Wasser mit dem Zucker und den Gewürzen aufkochen und etwas ziehen lassen. Durch ein Sieb gießen. Die eingeweichte Gelatine gut ausdrücken und in dem heißen Zuckerwürzwasser verrühren. Die Mischung mit dem Wein und dem Saft der Zitronen verquirlen, in eine Kristall- oder schöne Glasschüssel gießen und über Nacht im Kühlen erstarren lassen. Wenn man das Weingelee stürzen will, benutzt man eine Schüssel mit Relief, damit das Gelee dekorativ aussieht, legt den Servierteller auf diese Schüssel und kippt das Ganze beherzt um. Vorsichtige lockern vorher den Rand des Gelees mit einem spitzen Küchenmesser von der Form.
Das Gelee will sich trotzdem nicht von seiner Schüssel trennen? Dann wird diese für einen Augenblick in eine größere Schüssel mit heißem Wasser gestellt. Das läßt das Äußere des Gelees schmelzen, und es gleitet nun brav aus der Form auf den Teller – ganz bestimmt nach dem zweiten oder dritten Versuch!

Karpfen blau

siehe Seite 51

Zutaten
Ein frisch geschlachteter
Karpfen von 2 kg
Weinessig oder Weißwein
Salz
2 Zwiebeln
2 Lorbeerblätter
1 bis 2 Nelken

Den Fisch im Fischgeschäft ausnehmen und in der Längsrichtung halbieren lassen. Vor der Zubereitung gut abwaschen und in Weinessig von allen Seiten gut säubern, damit er blau wird.
Die beiden Hälften im rechten Winkel zum Rückgrat halbieren. Reichlich Wasser mit viel Salz, den Zwiebeln, Lorbeerblättern und Nelken zum Kochen bringen. Die Hitze reduzieren, die Karpfenteile ins siedende Wasser geben und auf schwacher Hitze in etwa 20 Minuten gar ziehen lassen. Nach Belieben kann man das Kochwasser noch zusätzlich mit etwas Essig oder Weißwein säuern. Die Portionsstücke abtropfen lassen und mit Salzkartoffeln, zerlassener Butter und Meerrettichsauce servieren.

Karpfen in Rotwein

Dieses Rezept teilt Madame Kröger im 5. Kapitel des Ersten Teils der *Buddenbrooks* den lauschenden Damen, wie folgt, mit:

»Wenn sie in ordentliche Stücken zerschnitten sind, Liebe, dann mit Zwiebeln und Nelken und Zwieback in die Kasserolle, und dann kriegen Sie sie mit etwas Zucker und einem Löffel Butter zu Feuer ... Aber nicht waschen, Liebste, alles Blut mitnehmen, um Gottes willen ...«

Meerrettichsauce

Zutaten
40 bis 50 g Butter oder
Margarine
1 EL Mehl
1 ¹/₂ Tassen Milch
Salz und Pfeffer
1 Stange frischer Meerrettich
von etwa 10 cm
1 Zitrone
evtl. 1 Eidotter, Fleischbrühe,
scharfer Senf und
1 kleines Glas Porter

In einer Saucenkasserolle das
Fett zerschleichen lassen, das
Mehl dazuschütten und bei-
des mit einem kleinen Sau-
cenbesen ein paar Minuten
verrühren, bis das Mehl blond
wird. Dann die Kasserolle
vom Herd nehmen, unter
ständigem Rühren die lau-
warme Milch dazugießen,
schnell zu einer glatten Sauce
verrühren, wieder auf die
Herdplatte stellen und unter
ständigem Umrühren aufko-
chen lassen. Mit Salz und
Pfeffer würzen, etwas Zitronensaft dazugeben, ab-
schmecken, dann bei noch-
maligem Aufkochen den
frisch gerissenen (grob geriebenen) Meerrettich dazu-
rühren.
Wenn die Sauce milder werden soll, legiert man sie zum
Schluß mit einem Eidotter.
Möchte man sie kräftiger
haben, so kocht man sie halb
mit Fleischbrühe oder Fisch-
sud und halb mit Milch,
würzt sie mit einem Teelöffel
scharfem Senf und einem
kleinen Glas Porter.

Gefüllte Pute

siehe Seite 53

Zutaten
Pute von 3 bis 4 kg
100 g Öl oder Bratfett
Kräutersalz
Für die Fülle:
50 g Öl oder Margarine
2 fein gewiegte Zwiebeln
1 altbackenes Brötchen,
gerieben
750 g gepellte, gekochte und
durch den Wolf gedrehte
Maronen
750 g geschälte und entkernte
Äpfel, grob gehackt
200 g kernlose Rosinen oder
Korinthen
Currypulver
getrocknete Kräuter
Salz, Pfeffer
1 Glas Sherry oder Zitronensaft

Den Vogel vorbereiten: Falls
der Kropf nicht gefüllt wird,
die Halsöffnung schließen, in
dem man die Haut auf den
Rücken zieht und dort mit
einem Holzstift befestigt oder
mit Zwirn festnäht. Die Flü-
gel nach oben biegen und auf
dem Rücken verschränkt mit
Holzstäbchen oder Dressier-
klammern befestigen. Die
Keulenenden zusammenbin-
den oder durch einen Schlitz
in der Schwanzhaut ziehen, so
daß sie fest am Körper liegen.
Die gesäuberte Körperhöhle
des Vogels gut trocken tupfen
und leicht salzen.
Die Fülle vorbereiten: Die
fein gewiegten Zwiebeln mit
den Semmelbröseln in heißem
Fett anrösten, mit dem Maro-
nenpüree, dem Apfelhack und
den gewaschenen und gequollenen Rosinen vermengen,
nach Belieben mit Curry-
pulver oder getrockneten
Kräutern würzen, mit Sherry

oder Zitronensaft befeuchten und in die Pute füllen.

Ein Truthahn braucht je Kilogramm etwa zwei Tassen Fülle. Übrige Fülle kann man neben dem Tier garen – in diesem Fall in der letzten Dreiviertelstunde Bratzeit. Den Truthahn nicht zu fest füllen, sonst platzt die Pelle. Die Bauchöffnung sorgfältig mit Holzstäbchen oder Zwirnsfaden schließen. Der gefüllte Vogel wird nun mit Öl oder flüssigem Fett bepinselt, mit der Brust nach oben in den Bräter gelegt und in den auf 170°C vorgeheizten Ofen, unterste Schiene, geschoben. Während des Bratens gelegentlich mit seinem Bratfett begießen und die Brust mit Aluminiumfolie bedecken, falls sie zu dunkel zu werden droht.

Die Bratzeit
Eine ungefüllte Pute von drei bis vier kg braucht $2\frac{1}{2}$ bis 3 $\frac{1}{2}$ Stunden, eine Pute von vier bis sechs kg braucht 3 $\frac{1}{2}$ bis 4 Stunden bei einer Ofentemperatur von 165°C bis 170°C. Der Füllung wegen sollte das Tier eine gute halbe Stunde länger im Ofen bleiben.

Ein großes Tier wird schon tranchiert aufgetragen. Man löst die rechte und linke Brusthälfte ab und schneidet sie in Scheiben. Zum Nachservieren nimmt man noch einen oder beide Schenkel dazu, die ebenfalls gut in Scheiben geschnitten werden können.
Der gefüllte Truthahn braucht außer etwas Weißbrot und Gemüse keine Beilage. Der ungefüllt gebratene Truthahn wird mit Reis in jeglicher Form oder Kartoffelpüree oder warmem Kartoffelsalat serviert. Der Bratfond läßt sich mit Rotwein oder Sahne zu einer Sauce kochen.

Holländische Mürbewaffeln

Zutaten
250 g Mehl
125 g Butter
3 Eier
1 Prise Salz
etwas gemahlener Zimt
30 g Zucker
Fett zum Ausbacken

Die flüssige Butter mit Zucker, Eidottern, Mehl und Gewürz verrühren, zum Schluß den Schnee der drei Eier unter den Waffelteig ziehen. Das vorgeheizte Waffeleisen gut auspinseln und den Waffelteig mit einem kleinen Schöpfer einfüllen, aber nicht zu viel, da er sonst aus dem Waffeleisen herausquillt. Die warmen Waffeln sofort mit Puderzucker oder Zimtzucker bestreuen und servieren.

Mandelwaffeln

siehe Seite 55

Zutaten
125 g Butter
100 g Zucker
1 Beutel Vanillezucker
2 Eier
80 g geschälte, fein geriebene
Mandeln
175 g Mehl
1 gestrichener TL Backpulver
2 EL lauwarmes Wasser
1 EL Rum

Wie oben zum Teig rühren
und ausbacken.
Das Backen dauert je nach
Teigart und Waffeleisentyp
zwei bis drei Minuten. Möglichst das Eisen nicht vorher
öffnen, sonst zerreißt die
Waffel. Fertiggebackene
Waffeln läßt man auf einem
Kuchenrost auskühlen. Sie
sollten frisch gegessen werden. Die Waffeln nach diesen
beiden Rezepten bleiben län-
gere Zeit in einer gut ver-
schlossenen Blechdose frisch,
müssen aber vorm Verpacken
gut abgekühlt sein.

Baisers oder Meringuens

siehe Seite 54

Zutaten
200 g Puderzucker
3 Eiweiß
1 Prise Salz
1 Zitrone
Kakaopulver
rote Speisefarbe

Das Eiweiß zuerst langsam, dann mit Höchstgeschwindigkeit steif schlagen, dabei den Puderzucker nach und nach hinzugeben und die Prise Salz oder ein paar Tropfen Zitronensaft, um den Eischnee zu festigen.

Ein Backblech mit Backtrennpapier auslegen, mit zwei feuchten Teelöffeln kleine Baisers abstechen und auf das Papier setzen. Ein Drittel der Menge bleibt weiß, ein Drittel wird mit Speisefarbe rosarot gefärbt, das letzte Drittel mit Kakaopulver so braun, wie man es schätzt.

Die Baisers einen halben Tag vortrocknen lassen, dann in den auf 80°C vorgeheizten Backofen schieben, mittlere Schiene, und in einer guten Stunde mehr trocknen als backen lassen.

Eine Probe machen: Hebt man ein Baiser vom Backtrennpapier und drückt mit dem Daumen auf die Unterseite, so darf das Baiser nicht nachgeben.

Bischof

siehe Seite 65

Zutaten
1 Flasche Bordeaux oder
Burgunder
1 Pomeranze (Bitter- oder
Sevilla-Orange)

Manche Rezepte empfehlen,
den Bischof mit Zucker zu
süßen, aber das hätte sich der
Nachbar Kistenmaker sicher
verbeten.

»Morgen kam der dritte
Weihnachtsabend an die
Reihe, die Bescherung bei
Therese Weichbrodt [...]
›Bischof‹ gab es in unüberwindlichen Mengen und die
mit Ingwer bereiteten Braunen Kuchen Sesemi's waren
ungeheuer schmackhaft
[...]«

Franzbrot

Zutaten
30 g Butter
500 g Mehl
20 g Hefe
$^1/_4$ l Milch
2 Eier
1 Prise Salz
Butter für die Form

Man rührt 30 g Butter zu Schaum, mischt unter fortgesetztem Rühren $^1/_2$ kg Mehl, 20 g in $^1/_4$ l Milch aufgelöste Hefe, 1 Ei und eine Prise Salz hinzu, schlägt den Teig, welcher ziemlich solid sein muß, tüchtig mit einem hölzernen Löffel, läßt ihn aufgehen, füllt ihn entweder in gebutterte Formen oder formt ihn mit der Hand zu runden Semmeln und backt diese 15 bis 20 Minuten auf einem Blech bei mäßiger Hitze, überstreicht sie beim Herausnehmen aus dem Ofen mit geschlagenem Ei und läßt dies flüchtig nochmals trocknen.
[Aus: Universal-Lexikon der Kochkunst, 1881]

Rezepte

Thomas Mann

Buddenbrooks

Verfall einer Familie

Roman

*Pappband mit dem geprägten Motiv der ersten
einbändigen Ausgabe von 1903*

»Diese Geschichte des alten Lübecker Patriziergeschlechtes
Buddenbrook (in Firma Johann Buddenbrook), welche mit dem
alten Johann Buddenbrook um 1830 einsetzt, endet mit dem
kleinen Hanno, seinem Urenkel, in unseren Tagen. Sie umfaßt
Feste und Versammlungen, Taufen und Sterbestunden (beson-
ders schwere und schreckliche Sterbestunden), Verheirathungen
und Ehescheidungen, große Geschäftserfolge und die herzlosen
unaufhörlichen Schläge des Niederganges, wie das Kaufmanns-
leben sie mit sich bringt... Auch der Letzte, der kleine Hanno,
geht mit nach innen gekehrtem Blick umher, aufmerksam die
innere seelische Welt belauschend, aus der seine Musik hervor-
strömt. In ihm ist noch einmal die Möglichkeit zu einem Auf-
stieg (freilich einem anderen als Buddenbrooks erhoffen) gegeben: Die unendlich gefährdete Möglichkeit eines großen Künst-
lerthums, die nicht in Erfüllung geht... Es ist ein Buch ganz
ohne Überhebung des Schriftstellers. Ein Act der Ehrfurcht vor
dem Leben, welches gut und gerecht ist, indem es geschieht.«
(Rainer Maria Rilke, *Bremer Tagblatt und General-Anzeiger* vom 16.4.1902)

S. Fischer

fi 1355 / 4

Thomas Mann

Buddenbrooks
Verfall einer Familie
Roman. Band 9431

Königliche Hoheit
Roman. Band 9430

Der Zauberberg
Roman. Band 9433

Joseph und seine Brüder
Roman
I. **Die Geschichten Jaakobs.** Band 9435
II. **Der junge Joseph.** Band 9436
III. **Joseph in Ägypten.** Band 9437
IV. **Joseph, der Ernährer.** Band 9438

Lotte in Weimar
Roman. Band 9432

Doktor Faustus
Das Leben des deutschen Tonsetzers
Adrian Leverkühn, erzählt von einem Freunde
Roman. Band 9428

Der Erwählte
Roman. Band 9426

Bekenntnisse des Hochstaplers Felix Krull
Der Memoiren erster Teil. Band 9429

Fischer Taschenbuch Verlag

fi 227 / 20

Thomas Mann

Sämtliche Erzählungen

Der Wille zum Glück
und andere Erzählungen
1893 – 1903
Band 9439

Schwere Stunde
und andere Erzählungen
1903 – 1912
Band 9440

Unordnung und frühes Leid
und andere Erzählungen
1919 – 1930
Band 9441

Die Betrogene
und andere Erzählungen
1940 – 1953
Band 9442

Fischer Taschenbuch Verlag

fi 209 / 8

Thomas Mann
Tagebücher

Tagebücher 1918-1921
Herausgegeben von Peter de Mendelssohn
1979. XII, 908 Seiten. Leinen in Schuber

Tagebücher 1933-1934
Herausgegeben von Peter de Mendelssohn
1977. XXII, 818 Seiten. Leinen in Schuber

Tagebücher 1935-1936
Herausgegeben von Peter de Mendelssohn
1978. VIII, 722 Seiten. Leinen in Schuber

Tagebücher 1937-1939
Herausgegeben von Peter de Mendelssohn
1980. X, 990 Seiten. Leinen in Schuber

Tagebücher 1940-1943
Herausgegeben von Peter de Mendelssohn
1982. XII, 1200 Seiten. Leinen in Schuber

Tagebücher 1944-1946
Herausgegeben von Inge Jens
1986. XVI, 914 Seiten. Leinen in Schuber

Tagebücher 1946-1948
Herausgegeben von Inge Jens
1989. XIV, 1042 Seiten. Leinen in Schuber

Tagebücher 1949-1950
Herausgegeben von Inge Jens
1991. XVIII, 780 Seiten. Leinen in Schuber

Tagebücher 1951-1952
Herausgegeben von Inge Jens
1993. XXIV, 928 Seiten. Leinen in Schuber

Tagebücher 1953-1955
Herausgegeben von Inge Jens
1995. XXII, 978 Seiten. Leinen in Schuber

S. Fischer

Thomas Mann

Briefwechsel

Thomas Mann / Agnes E. Meyer
Briefwechsel 1937-1955
Herausgegeben von Hans Rudolf Vaget
1172 Seiten mit 24seitigem Bildteil. Leinen. S. Fischer

Briefwechsel mit seinem Verleger
Gottfried Bermann Fischer 1932-1955
Herausgegeben von Peter de Mendelssohn
Bände 1 + 2: Bd. 1566

Thomas Mann / Heinrich Mann
Briefwechsel 1900-1949
Herausgegeben von Hans Wysling
Band 12297

Briefe
Herausgegeben von Erika Mann
Band 1: 1889-1936. Bd. 2136
Band 2: 1937-1947. Bd. 2137
Band 3: 1948-1955 und Nachlese. Bd. 2138

Fischer Taschenbuch Verlag

fi 208 / 9

Thomas Mann
Ein Leben in Bildern

Herausgegeben von
Hans Wysling und Yvonne Schmidlin

Band 13885

Wir kennen Thomas Mann, sein Werk, seine Familie, sein Umfeld und seine Figuren nur aus seinen Büchern, nicht aber in Bildern. Viele seiner Leser haben den Wunsch, auch seine Schrift, seinen Schreibtisch, die Städte und Häuser, in denen er lebte und arbeitete, kennenzulernen.

Die Herausgeber Hans Wysling und Yvonne Schmidlin halten aus den verschiedenen Lebensepochen Thomas Manns nicht nur Bekanntes fest, sondern auch bisher unbekanntes Material: Porträts, Familienbilder, Figuren und Orte, die im Werk eine Rolle spielen: Hans Hansen (*Tonio Kröger*), Tadzio (*Der Tod in Venedig*), Imma Spoelmann (*Königliche Hoheit*), Clawdia Chauchat (*Der Zauberberg*) oder Mme Houpflé (*Bekenntnisse des Hochstaplers Felix Krull*).

Die Bilder werden ergänzt durch Textdokumente, Briefe, Buchumschläge und begleitende Kommentare der Herausgeber und ergeben nicht nur ein Bilderbuch, sondern *Ein Leben in Bildern*.

Fischer Taschenbuch Verlag

Thomas Mann

Fragile Republik

Thomas Mann und Nachkriegsdeutschland

Herausgegeben von Stephan Stachorski

Band 14429

Thomas Mann lehnt es nach dem Ende des Zweiten Weltkrieges ab, nach Deutschland zurückzukehren. Er zieht es vor, sich von Amerika aus für den Aufbau eines geistig-moralisch erneuerten Staates einzusetzen. Doch der sich bald abzeichnende Kalte Krieg läßt Thomas Mann befürchten, daß Amerika auch ein vom Faschismus nie wirklich befreites Deutschland als Bündnispartner im Kampf gegen den Kommunismus akzeptieren könnte. Trotz vielfältiger Kritik besucht er anläßlich der Goethe- und Schiller-Gedenkfeiern 1949 und 1955 beide Teile Deutschlands, um seine Idee der Aussöhnung nachdrücklich zu bekunden.

Erstmals versammelt dieser Band die wichtigsten Texte Thomas Manns, die seine Auseinandersetzung mit Deutschland nach 1945 verdeutlichen. Nicht nur Reden und Aufsätze, sondern auch Tagebucheintragungen und zum Teil bisher unveröffentlichte Briefe werden berücksichtigt. Unterstützt von kurzen Erläuterungen bietet sich ein erstaunlich vielschichtiges Bild von Thomas Mann, das ihn als kritischen Begleiter Deutschlands zeigt.

Fischer Taschenbuch Verlag

fi 1602 / 3